शून्य सरोवर 2.0

अंकिता सिंह

Copyright © Ankita Singh
All Rights Reserved.

This book has been self-published with all reasonable efforts taken to make the material error-free by the author. No part of this book shall be used, reproduced in any manner whatsoever without written permission from the author, except in the case of brief quotations embodied in critical articles and reviews.

The Author of this book is solely responsible and liable for its content including but not limited to the views, representations, descriptions, statements, information, opinions and references ["Content"]. The Content of this book shall not constitute or be construed or deemed to reflect the opinion or expression of the Publisher or Editor. Neither the Publisher nor Editor endorse or approve the Content of this book or guarantee the reliability, accuracy or completeness of the Content published herein and do not make any representations or warranties of any kind, express or implied, including but not limited to the implied warranties of merchantability, fitness for a particular purpose. The Publisher and Editor shall not be liable whatsoever for any errors, omissions, whether such errors or omissions result from negligence, accident, or any other cause or claims for loss or damages of any kind, including without limitation, indirect or consequential loss or damage arising out of use, inability to use, or about the reliability, accuracy or sufficiency of the information contained in this book.

Made with ♥ on the Notion Press Platform
www.notionpress.com

परमपिता परमेश्वर, ज्ञान देती माँ शारदा के पावन चरणों में कहानी संग्रह समर्पित । माँ श्रीमती मधु यादव, पापा श्री हेमन्त कुमार के स्नेह युक्त आशीष से मेरी लेखनी को उत्कृष्टता प्राप्त हुई, अतः उनके पावन चरणों में कहानी संग्रह समर्पित ॥

क्रम-सूची

स्तुति	vii
प्रस्तावना	ix
भूमिका	xi
1. सरगम	1
2. सिंदूरी सांझ	14
3. वो सात कसमें ...	25
4. अमावस अच्छी है....	32
5. वो हमेशा निभाएगी	37
लेखिका परिचय	45
धन्यवाद	47

• v •

स्तुति

हंस वाहिनी , वीणा वादिनी
नमस्तेतु माँ शारदे ,
देवी ज्ञान की ,
कोकला तान की ,
देवी सरस्वती नमस्तुते ।।

प्रस्तावना

किस्सा कहानी भारत देश की रगो में व्याप्त है । कहानी सृजन की धरोहर है । यह लेखक की हृदय अभिव्यक्ति का अनूठा माध्यम है । प्रस्तुत कहानियों में स्त्री हृदय की उत्कंठा , एकाकीपन , स्त्री के प्रति सामाजिक दृष्टिकोण , उलझे रिश्तों को दृश्यांकित किया गया है ।

नव सृजन की भोर है कहानी,
मन से मन के तार को जोडें,
अभिव्यक्ति की डोर है कहानी ।।

भूमिका

शून्य सरोवर की रिक्त अभिव्यक्तियों में कोलाहल करती संवेदनाएं ,अक्सर कलम के क्षितिज पर बटोर लाती हैं स्त्री जीवन के यथार्थ से जुड़ी परछाईयों की सीपियाँ जो-

उपरोक्त कहानियां अमावस अच्छी है, वो सात कसमें, संदूरी साँझ , वो हमेशा निभाएगी, में प्रस्तुत हैं। इन काहनियों के माध्यम सें स्त्री के एकाकीपन , वेदनाओं के लघु अंश का सजीव चित्राण किया गया है ।

1
सरगम .....

बारिश की छुअन

क्या कोई अहसास हो तुम ,

या प्यार का पहला साज हो तुम ? नहीं जानती मैं कि कौन हो तुम और जिन्दगी के किस मोड़ तक मेरा साथ निभा पाओगे । पर मन कहता है कि एक ख्वाब हो तुम । तुम अन्यास ही मुझसे टकरा गये तो कुछ यूँ लगा " ख्वाबों का हमसफर क्या ख्वाबों को पूरा करने आया है । अजनबी भेस में क्या मेरा वो हमसाया है । तुम अक्सर कह देते हो जाने क्या क्या ख्वाब बुनती रहती हो । मैडम यह कोई गुलाबी जाड़ा नही है जो अहसास की सलाई से तुम इश्क वाला मफलर मेरे लिये बना रही हो । पर मैं क्या करू तुम्हारी आँखो की रहनुमाई ने मेरे ख्वाबों को नई रोशनी दी है । बस अनकहे लफ्जों का सकुचा कारवां तुमसे यह कहना चाहता है । मन महक

गया है तुम्हारे आने से , मेरी जिन्दगी में ठहर जाओं किसी बहाने से ॥ सच कहूँ तो मैंने कभी नहीं सोचा था कि मेरे साथ भी कभी कुछ ऐसा होगा और मन की स्याही से कोरे खत पर मैं अपनेपन के अल्फाज लिखूंगी । मेरी लेखनी के शब्द बनते जा रहे हो तुम और लिख रही हूँ मैं यह गुलाबी खत तुम्हारे नाम ।

अंकिता सिंह

गुलाबी खत...

पतझड़ो में बसंत का त्यौहार भर दिया है ।

तुमने मेरी सांसों में खुमार भर दिया है ॥

गुलाबी जाड़ो को सुर्ख गुलाल कर दिया है ।

तुमने मेरी आँखो में ऐतबार भर दिया हैं ।

क्षितिज की शांत चौकट पर तुम मुझे लहरो की हलचल का संवेग लगते हो । तुम्हारी समुन्दर सी गहरी आखों में मेरा मन नदिया सा उतर जाना चाहता है । पर पता नहीं तुमसे यह सब मैं कभी कह भी पाऊंगी या नहीं । इसलिये अनलिखी चिट्ठी को मोड़ कर रख दिया है मैंने मन के संदूक में । शायद इस चिट्ठी को कभी तुम्हारा पता मिल सके । बरसों पहले बुने गुलाबी अक्षरों के लिहाफ को आज वो सिर से पाँव तक ओढ़ कर झूमना चाहती थी क्योंकि बरसों बाद संदूक के बंद कुण्डे से झाँक रहे उस कोरी चिट्ठी के अखर उसपर प्रेम की बरसात कर रहे थे । उसकी आखों की चमक और मन की खुशी मोबाइल फोन की एक इन्टर नेशनल काल

पर मंत्रमुग्ध होगी थी , क्योंकि एक दिलकश आवाज जिसकी वो कायल थी बरसो से आज यूहिं उसके कानों को संगीतमय कर गयी । उसने हौले से कहा हैलो और स्तब्द्ध मौन प्रेम अभिव्यक्ति के लिये शब्द खोजने लगा । वह कुछ बोल ही नहीं पायी , बस खामोश लफ्जों से उस खनकदार आवज को सुन कर मदहोश हो गयी । सरगम .... सरगम . .. हैलो .... हैलो .. तुम लाइन पर हो । हाँ जी , कह कर उसने फोन होल्ड कर दिया । अपनी फ्लैश बैक में होल्ड हुई जिन्दगी को दोबारा री - कनेक्ट करने के लिए । वह मुस्कुरा रही थी यह सोच कर कि बरसो जिस लम्हे का इन्तेजार किया हर पल घड़ी की सुईया देखकर काटा वह आज उसका नसीब बन गया था मानों जिन्दगी की हसरत दोबारा जाग उठी हो सरगम बनकर अपनी खोई पहचान वापस पाने के लिए । वैसे तो उसका नाम आस्था था पर किसी की दिल्लगी ने उसे सरगम बना दिया था । अपने सागर की सरगम थी वह । उस सागर की जिसकी प्रेम की लहरों में तैरकर उसके अन्तर्मन से संगीत के सात स्वर प्रस्फूटित होते और वह सरगम कहलाती । सागर आकाश का वह सितारा था जिसकी चमक वह अपने आँचल में न समेट सकी । वह तेज वक्त की रफ्तार सा उसके हाथों से फिसल गया और रेत पर खड़ा आस्था का मन यह कह उठा । " वो तो सागर है उन्हे अपनी पलकों में कौन समेट पायेगा । ऐ कायनात मुझे नदिया बना दे , शायद तभी उनका प्यार मुझे मिल पायेगा । पर वक्त के आगे जोर नहीं चलता । वह एन . आर . आई . बन कर सात समुन्दर पार चला गया और सरगम पहले प्यार की अधूरी पहेली बनकर रह गयी । दोनो के रास्ते अलग हो गये पर फिर भी सागर के जाने की टीस उसके मन को

किसी शांत सरोवर की तरह तन्हा कर जाती और उसके साथ बिताया एक- एक लम्हा याद आने लगता जिसका हिसाब मन के बही खाते में प्रेम की पक्की स्याही से लिखा था । सागर थोड़ा शायराना मिजाज का था वह अक्सर यह कहा करता था एक पल में मोहब्बत का ऐलान कर देंगे । अपने मन की रजिस्ट्री को तुम्हारे नाम करदेंगे । जिसपर हाजिर जावाबी सरगम तुरंत कहती बिन फरवरी कें वैलन्टाइन हो गया है अनजाने तेरी बातों में । अब महकी महकी रहती हूँ मैं सावन की बरसातों में ॥ दोनों नुक्कड़ किनारे बनी कैन्टीन में चाय की चुस्की के साथ घंटो इधर उधर की बाते करते और तुकबंदी में दोनों अपने अहसास के पल्लवों को स्नेह तरु पर अलंकृत करते । एक रोज सावन की संदूरी साँझ में बादलों के झुरमुट से झाकती बरखा की नन्ही नन्हीं बूदों को देख कर सरगम ने रूमानी अंदाज में कहा ।

पहली पहली बारिश में ,

तुम मुझको मेघों का संवेग लगे ।

इन भीगी भीगी साँझो में ,

तुम मुझको सावन का नेग लगे ।

मौन नदिया बन जिसको अपना कह दूँ,

तुम मुझको सागर का स्नेह वेग लगे ।

इसपर सागर ने कनकियों से देखते हुए कहा –

आशिकी वाले शरबत में, बेताबियाँ घोल दोगे तुम ।

आज मौन लफ्जों से मुझको अपना बोल दोगे तुम ।

बहुत अच्छा लिखती हो सरगम । यह जो तुम कोरे कागज पर चार लाइन की माइक्रो चिट्ठी लिखकर अपने मन के लिफफे में सहेज कर मेरे दिल के पते पर भेजती हो न बिन मौसम बरसात हो जाती है । तुम्हारी यह अदाए मैं कभी भूल न पाऊँगा , जब भी सावन आएगा मैं तुम्हे जरूर याद आऊँगा । तुम्हारे दुप्पटे में कढ़े गुलमोहर के फूल को मैं कभी भूल न पाऊँगा जब भी सावन आएगा मैं तुम्हे जरूर याद आऊंगा ॥

वक्त के बिछोह पत्र पर कहीं स्नेह के हस्ताक्षर फीकें पड़ गये और सागर विदेश में जाकर सेट हो गया और सरगम रह गयी एक अनसेटल लड़की , जिसने प्यार

के अलावा कुछ नहीं किया । सागर के जाने के बाद तो उसके स्वर भी कमजोर पड़ गये और सरगम से वह आस्था बन गयी । जिसने बहुत मुश्किल से अपने आप को सम्भाला और रेत से फिसलते लम्हे को अपनी छोटी सी अंजुरी में समेटने की कोशिश की , वह एक छोटे से स्कूल की अध्यापिका बन गई थी । वक्त की करवट से सिहर चुकी आस्था अब वक्त को मात देना चाहती थी । शायद अब वह जान चुकी थी की वह ऐसा परिन्दा नहीं जो आकाश में उड़ सके मगर एक मजबूत लड़की जरूर है जो धरती पर सम्मान से चल सके । उसका आत्म विश्वास अब उसे बहुत आगे ले आया था 10 बरस बीत चुके थे , सागर की कोई खबर नहीं थी । आस्था भी अपने जीवन में खुश थी । उसने अपने जीवन के अधूरेपन को अपने छात्रों का जीवन सार्थक करने में लगा दिया । आस्था को अब अपने जीवन की कहानी में सम्पूर्णता लगने लगी थी , मगर समुन्दर के उस पार की कहानी अभी भी अधूरी थी ।

सागर को वक्त से पहले सब कुछ मिला अच्छी नौकरी , स्टेट्स , अपनी दौलत से विश्व विजय करने की शक्ति , पर इन सब में वह अपनी जड़े भूल चुका था । अपनी मिट्टी की सौंधी खुशबू , अपने गाँव का वह आँगन , वह सब कुछ भूल चुका था बस उसे याद था तो अपनी दौलत से पूरी दुनिया खरीद सकता है । शायद वह यह नहीं जानता था कि दौलत सब कुछ खरीद सकती है पर एक निश्चल प्रेम करने वाली जीवन संगिनी नहीं प्राप्त कर सकता था । बहुत सी लड़कियाँ उसकी लक्जरी कार के पीछे भागती थी । पर उनमें वह बात नहीं थी जो सरगम

में थी । बस विदेशी लड़की से ब्रेकअप के बाद वह टूट गया था । उसकी रगों में बसा हिन्दुस्तानी खून अक्सर उसे अपने वतन की याद दिलाता । जहाँ सरगम थी । वह सावन के गीत सरगम के साथ गाना चाहता था । आज 10 बरस बाद उसने अपनी प्रक्टिकल दुनिया से निकल कर सरगम के लिए एक कविता लिखी थी "

एक टूटा मन का तारा ,

तुमको पाना चाहता है ।

तुम्हारी भीगी आहों में ,

त्यौहार पावस का मनाना चाहता है ।

एक टूटा मन का तारा ,

तुमको पाना चाहता है ,

तुम्हारी मोहब्बत भरी साँसो में,

जीवन भर गुनगुनाना चाहता है ।

एक टूटा मन का तारा ,

तुमको पाना चाहता है ।

तुम्हारी झील सी आँखो में ,

सागर बनकर उतर जाना चाहता है ।

एक टूटा मन का तारा ,

तुमको पाना चाहता है ।

तुम्हारी गोरी हथेली में ,

सुर्ख मेंहदी सा रच जाना चाहता है ।

एक टूटा मन का तारा ,

तुमको पाना चाहता है ।

तुम्हारे घर के आंगन में ,

स्नेह तरु लगाना चाहता है ॥

आज 10 बरस में पहली बार उसे अतीत के झुरमुट से झाँकती सरगम की एक धुंधली झलक दिखाई दी और उसके चहरे पर सहसा मुस्कुराहट आगयी । उसे याद आयी सरगम की अटखेलिया , वह छोटी छोटी परचियों पर लिखे संदेश जिसे वह माइक्रो चिट्ठिया कहा करता था । वह अक्सर हँस देता था जब वो गुलाबी रंग की पर्ची पर लिख दिया करती थी " इस कोरी चिट्ठी पर संबोधन वाली जगह खाली है , बताओं मैं तुम्हारी कौन हूँ वही संबोधन में लिख दूँ । अतीत की एक - एक झलक उसे रोमंचित करने के साथ ही बेचैन कर रही थी । वह महसूस कर रहा था अपने जीवन का खालीपन जो उसे तौफे में मिला था अपनी मोहब्बत से अलग होने के बाद । वह अपने देश लौटना चाहता था पर उसे यह चिन्ता खाए जा रही थी कि पाता नहीं सरगम कहा होगी उसकी शादी हो गयी होगी या नही , पर एक वह अपने शहर पहुँचा जहाँ का बदला हुआ महौल उसे अश्चर्य चकित कर गया , खाली मैदानों की जगह बड़े बड़े माल , छोटे मकानों की जगह बहुमंजिला इमारते उसे चिढ़ा रहे थे कि समय के साथ सिर्फ तुम ही नहीं हम भी विकसित हो गये है । उसे लगा समय के साथ तो उसकी सरगम भी बदल गयी होगी । उससे मिलने से क्या फायदा अतः वह उसकी गली में मुड़ने से पहले ही लौटने लगा

। तभी उसके कानों में आवाज आई .. कब आए सागर ? उसने पीछे मुड़ कर देखा तो वही छोटू गोलगप्पे वाला था जिसके यहा वह और सरगम कालेज बंक कर के गोलगप्पे खाया करते थे । वह जैसे ही छोटू से कुछ पूछता उससे पहले ही उसने बता दिया , सरगम अब यहा नहीं रहती । वह नैनीताल में रहती है । सागर के जाने के बाद उसे इस शहर में बेहद सूना पन लगने लगा तो उसने यह शहर छोड़ दिया । अब सागर के मन में अजीब सी बेचैनी थी । उसे लग रहा था कि जिससे वह बिना मिले जा रहा था वह तो उसकी याद में शहर छोड़े बैठी है । वह उसे देखना चाहता था , मिलना चाहता था । उसका मन आज सरगम से कहना चाहता था कि , अमावस सी अपनी जिन्दगी में चाँद खिलाना चाहता हूँ , हर जन्म में 100 जन्म प्रिय मैं तुमको पाना चाहता हूँ ॥ तुम्हरे टेसु के गजरे में , भवरें सा मचल जाना चाहता हूँ ॥ वह अपने शहर पहुँच गया , जहाँ का बदला हुआ महौल उसे अश्चर्यचकित कर रहे थे ।

काफी जिद्दोजहद के बाद उसे सरगम का नया पता मिला और वह एक पल की भी देरी न करते हुए नैनीताल जाने वाली फ्लाईट में बैठ गया । उसकी कशमकश मानो नैनीताल की सुरमई वादियों से यह कहना चाहती हो आ रहा हूँ आज मैं तुम्हारी सादगी भरी वादियों में अपनी सादगी से मिलने , पर क्या वह मुझसे मिलेगी । क्या वह मुझे स्वीकार कर पायेगी । उसके मन की उधेड़बुन आखिरकार उसको सरगम के घर तक ले आई । शाम के 7 बज रहे थे । उसने असमंजस में बेल बजाई

, अन्दर से एक 5 फिट दो इंच की लड़की निकली । जिसके गुलाबी होठ, नशीली आँखे , और गोरे गाल यौवन की ढलान पर भी हया में सुर्ख लग रहे थे । वह कोई और नहीं सरगम थी । जो सागर को देखकर सत्बध थी । उसके होठ सिल चुके थे । वह शिष्टाचार वश सागर को अंदर आने को भी न बोल सकी । सागर ने वक्त की नजाकत को समझते हुए कहा अंदर आने को नहीं कहोगी , सरगम ने सिर हिलाते हुए सागर को ड्राइंग रूम में बैठाया और कॉफी सर्व करते हुए पूछा " मिलने आए हो या लेने आए हो ? सागर ने चौंक कर कहा क्या मतलब ? सरगम ने फिर अपना प्रश्न दोहराया मिलने आए हो या लेने । तो सागर ने ने पूछा तुम्हारी शादी ... ? सरगम : नहीं की --- सागर : क्यो ? सरगमः तुम्हारी याद में एक - एक पल मैंने सदियों सा गुजारा है । जब तुमको सब कुछ मान लिया तो किसी और का एक्स भाया ही नहीं । सरगम की वही आत्मीयता और अपना पन देखकर सागर की आँखे आत्म विभोर हो उठी और उसने सरगम को कनकियों से देखकर अपनी बाहों के स्नेह तरु से अलिंगनबद्ध कर लिया । आज प्रेम की वर्षा में दोनों के मन भीग रहे थे और मौन की जयमाला पहले लफ्ज़ बस यह कहना चाहते थे " चांदनी रात में कायनात सिंदूरी करते है । चांदनी रात में कायनात सिंदूरी करते है । तुम हमें ढूढ़ लो , हम तुम्हे ढूढ़ कर चलो अब तलाश पूरी करते है ॥

अंकिता सिंह

2
सिंदूरी सांझ ....

भोर मे प्रथम पहर के शुभ आगमन में मैं नींद के आगोश में अपनी छुई मुई सी पलकों को समेटे एक ख्वाब देख रही थी जिसमें तुम थे मैं थी और हमारे सुहाने सफर के कुछ दिलचस्प किस्से । तुम सफेद घोड़े पर बैठ कर मेरी ओर बहुत तेजी से बढ़ रहे थे , तुमने एक झटके से मेरा हाथ खींचा और मुझे अपने साथ अपने शहर ले गये । मैं बहुत खुश थी । नींद खुली तो होठों की मन्द मन्द मुस्कान तुम्हे याद करने लगी और आँखो की नमी होठों को भिगोते हुए कहने लगी यह सच नहीं बस एक सपना है , पर एक ऐसा सपना जो मुझे अपना सा लगा । वह जो मुझे कुछ दे गया , इश्क वाली मुलाकात का सबब और तुम्हारा साथ क्योंकि हकीकत में तो यह बिलकुल भी सम्भव नहीं था कि एक पहाड़ की अटल चट्टान सागर के पाँव छूले । बहुत बार मन किया कि पिघल जाएँ मेरे कण कण और बन जाऊ मैं एक इठलाती सरिता जिसका वजूद सिर्फ सागर तक जाना होता है । पर यह सम्भव न हो सका । एक पल को तो

यह भी लगा मुझे क्या तुम्हारे अंदर इतना वेग नहीं है जो पर्वत की उस चट्टान को बहा ले जाओ अपने साथ , पर फिर इसका भी एहसास हुआ अगर सागर की लहरे पर्वत बहाने का प्रयास करे तो सिर्फ सुनामी आती है । शायद हमारा साथ होना सम्भव नही था , यह समझा लिया था मैंने अपने मन को ... हम दोनो के कत्तव्य , राहे और मंजिले बिल्कुल अलग थी । एक उत्तरी ध्रुव तो दूसरा दक्षिणी ध्रुव ,परन्तु हमारे बीच विपरीताकर्षण का समहोन था जो कोई डोर मुझे तुम्हारी ओर खींच रही थी । यह जानते हुए भी कि तुमको पाना सम्भव नहीं है मैं खुद को तुम्हारी अमानत समझती थी । पतझड़ के थपेड़ो से मेरे गालो में पड़ी झुरिया भी बसंत में चमक उठी थी जब हौले से तुमने मेरी कलाई पकड़ी थी , पर सकुचाहट वश तुमसे कह नही पायी । समय बीतता गया हमारी राहें अलग हो गयी , मैंने अपने वर्तमान से तुम्हारे अस्तित्व के सबूत मिटा दिये बस नहीं मिटा सकी तो उस बूढ़े दरख्त के मजबूत तने पर गुदा तुम्हारा नाम , जिसका अक्षर - अक्षर आज भी तुम्हारा सजीव चित्र मेरी आँखो को प्रस्तुत करता था । उस दरख्त की सूख चुकी शाखे और कमजोर पड़ चुकी जड़े आज भी ठौर के साथ खड़ी थी मुझे ताजूब हुआ देख कर यह दरख्त अब तक गिरा क्यों नही , तो शायद मन को यह अहसास हुआ हमारे नेह का धागा इतना कमजोर नहीं है कि वह टूट जाए , यह दरख्त कोई आम दरख्त नहीं बल्कि तरु था मेरे अहसास का , जो कभी डेह न सका ।

अतीत की ओझल होती तस्वीरों पर कब वर्तमान का लेमिनेशन चढ़ गया पता न चला । वक्त की तेज हवा

तुम्हे अपने साथ उड़ा ले गयी और मैं एक छाँव ढूंढती रह गयी । तुम्हारे जाने के बाद मैं अटल चट्टान बनी अपने अस्तित्व को एक नयी पहचान देने के लिए , पर वह नदी न बन सकी जो तुम में आकर समा जाती । तुम्हे याद है न मैं अक्सर कहा करती थी-

" मैं सजल सरिता सी बह न आऊँ तेरी ओर ,

कि तेरे अंदर भी एक समुन्दर है I"

कभी कभी सोचती हूँ सरिता न सही काश मैं एक बरखा की बूंद ही बन जाती जो सागर में बरस कर तृप्त हो जाती । तुम्हारी विशालता के आगे तो मेरा कद हमेशा से छोटा ही था यह हकीकत मैं जानती थी , मगर न जाने क्यों मन के एक कोने में तुम्हारी जगह थी । तुम मेरा साथ तो छोड़ गये पर मेरे मन के घरौंदें में हमेशा रहे । मैंने अपने दिल से तुम्हे निकल कर उसपर ताला भी डालना चाहा पर शायद न कर सकी क्योंकि वह तुम्हारे हो चुके थे और मैं भ्रमीत होकर यही सोच रही थी कि मुझे तुम्हारी जरूरत नहीं, पर तुम्हारे अनकहे शब्द मुझसे यह कहना चाहते थे –

"मेरी चाहतों का तुम्हे यह खुमार कैसा,

जो मैं हूँ ही नहीं तुम्हारा, तो मेरा इंतेजार कैसा I

रैन चांदनी को अमावस से प्यार कैसा ,

जो मैं हूँ ही नहीं तुम्हारा तो मेरा इंतेजार कैसा I"

तुम्हे एक बात बताऊ फागुन में जब टेसुओं से रंग बनाया तो मेरे हाथ पीले हो गये .. और टेसुओं का वह पीला रंग कब हल्दी के पीले रंग में बदल गया पता ही न चला । मैं तो चहा ती थी तुम मेरे बालों में गुलाब की पंखुरी से बना लाल रंग लगाओ मगर मेरे वर्तमान ने मेरी मांग में सुहाग का लाल सिंदूर भर दिया और मैं किसी और की अमानत हो गयी सदा के लिए। अग्नि के सात फेरों ने सात जन्मों का बंधन बाँधा और मैं ने तुम्हे अपने से बिछोह दिया , पर आज सहसा तुम मेरे ख्वाब में आये मुझे अपने साथ ले जाने के लिये तो होठों पर हंसी , आँखो में नमी और मन में गुस्सा आया कि काश तुम पहले आये होते तो हकीकत में मैं तुम्हारी अमानत होती । आरती अपने अतीत की ऊबासियों से उबरने के लिए डायरी लिखती थी क्योंकि यही तो उसकी एक साथी थी जिससे वह अपने सुख दुख बाटती थी ,क्योंकि प्रोफेसर आदित्य सहाय को इतना समय कहाँ था कि वह आरती के पास दो पल बैठ सके और फिर यह सब मनोभाव वह पति को बताती तो झंझावाद आ जाता ।

आरती डायरी लिखकर अलमारी में रख ही रही थी कि होर्न की आवाज से उसके का न खड़े हो गये । डोर बेल बजी तो उसने देखा पति देव आफिस से आगये हैं । उसने सहाय साहब को चाय पिलायी फिर बताया कि आज उसे किटी पार्टी में जाना है । आरती का यूँ किटी पार्टी में जाना आदित्य को अच्छा न लगा क्योंकि शायद आज वह जल्दी घर आगये थे वैसे तो उनके पास खुद ही वक्त कहा रहता था और आज समय था तो पत्नी नहीं थी । खैर उन्होंने अपने टाईम को मैनेज किया और कमरे की सफाई करने लगे । तभी उनकी नजर आरती की डायरी पर पड़ी । बड़ी उत्सुक्ता से उन्होंने आरती की डायरी उठाई क्योंकि उन्हे पता था उनकी पत्नी को डायरी लिखने का शौक है मगर उसने कभी उन्हे पढ़ाई नहीं। आज तो मौका अच्छा था आरती घर में थी नहीं और आदित्य के हाथ में आरती की डायरी ।

डायरी...

उन्होंने सहसा डायरी का एक एक पन्ना पलटा तो वह आवाक रह गये कि उनकी पत्नी जो दिन रात उनकी पूजा करती है , उसके मन में किसी और की छवी है। आरती का अतीत आदित्य के मुँह पर तमाचा मार रहा था । आदित्य का गुस्सा सातवें आसमान पर था , मगर

उन्होंने अपने आपको ढ़ाढस बंधाया क्योंकि वह जल्दी बाजी में कोई निर्णय नहीं लेना चाहते थे । रात के 9 बजे चुके थे आरती के वापस आने का समय हो गया था । आदित्य ने डायरी उसकी अलमारी में रख नार्मल होने का प्रयास किया पर उनका दिल आरती से नजर मिलाने का भी नही हुआ । आदित्य का आरती के प्रति रुखा व्यवहार आरती को अखर रहा था और वह परेशान हो रही थी अपने पति का रवैया देखकर । इसी तरह से दो दिन बीत गये आरती से रहा नही गया और उसने हिम्मत कर के आदित्य से पूछ ही लिया आप मुझसे बात क्यों नहीं कर रहे है। आरती के इतना कहते ही आदित्य के गुस्से की बिजली आरती को भेदने लगी और उसने आरती के मुह पर डायरी फेक कर मारी कि यह सब क्या है। सन्न हो चुकी आरती को कुछ समझ में नहीं आया और उसने आदित्य की गुनेहगार होना स्वीकार कर लिया । उसे अहसास था कि उसने अपने पति के साथ धोखा किया है , और डर भी कि कहीं सहाय साहब के साथ धोखा करना उसको कितना भारी पड़ सकता है । उसकी शंका सच हो गयी जब आदित्य ने उसे वापस अपने गांव जाने को कहा । सन्न आरती ने भी अपना सामान बाँधा और अपने गाँव चली गयी अपने दामन में आदित्य की छवि और आँसू लेकर ।

चार महीने बीत गये आदित्य का कोई फोन आया न खत ,आये वह एक रोज खुद आरती के लिए तलाक के कागज लेकर , पर उन कागज में विछेद की नहीं अपितु सुगढ़ भविष्य की दास्तान लिखी थी । आदित्य ने जैसे ही आरती के घर में कदम रखा उसकी नजर अलमारी

पर रखी एक तस्वीर पर पड़ी वह तस्वीर एक 15-16 साल की लड़की की थी जिसे आदित्य पहचानने के लिये दिमाग पर जोर डाल रहे थे ।

वह तस्वीर उन्हे कुछ जानी पहचानी लगी जिसमें एक अजीब सा अपनापन था जो उन्हे अपनी ओर खींच रहा था । उन्होंने वक्त न जाया करते हुए अपने अतीत पर जोर ढाला तो सहसा उनके चेहरे पर चमक आगयी क्योंकि यह तस्वीर वाली लड़की कोई और नहीं अपितु गुड़िया थी जो उनके बचपन की सबसे अच्छी दोस्त थी , जिसके प्रति उनके मन में भावनाएँ थी । गुड़िया की तस्वीर से उन्होंने नजर हटाई तो उनके सामने आरती खड़ी थी जो इस वक्त उनकी गुनाहगार थी उन्होंने आरती से कहा तलाक के कागज पर हस्ताक्षर कर दो .. आरती ने जैसे ही अपने हाथ में कलम उठाया हवा के एक तेज झोकें से गुड़िया की तस्वीर गिर गई । आदित्य को यह बर्दाशत नहीं हुआ और उन्होंने झट से तस्वीर उठाई और काँच बीनने लगे । आरती को यह देख कर ताजूब हुआ और उसने आदित्य से कहा जब आपको मुझसे कोई सम्बन्ध नहीं रखना तो मेरी तस्वीर के लिए इतनी कलक क्यूँ?

आरती के यह शब्द आदित्य के कानों में कोलाहल मचा रहे थे । वह आवाक था कि क्या वाकई उसके बचपन की दोस्त उसकी पत्नी है । उसने आरती को झंकझोरते हुए कहा बकवास मत करो ... जो तुम कह रही हो क्या सच है । आरती भी हतप्रद थी आदित्य के इस बरताव से उसने कहा हाँ यह मेरी तस्वीर है और यह मुझे बहुत

पसंद भी है क्योंकि इसे चमन ने खीचीं थी जो मेरे जहन में आज भी है । चमन शब्द सुनते ही आदित्य के चेहरे पर मुस्कान आगयी । उसे ऐसा लगा कि उसके जीवन से काले बादल छट चुके हैं और सिर्फ प्रेम की वर्षा होने वाली है । उसने आरती के हाथ से लेकर तलाक के कागज फाड़ दिये और उसको गले लगा लिया । आदित्य ने अपने बटुए से निकाल कर उसे अपनी स्कूल की तस्वीर दिखाई जिसे देखकर आरती आवाक् रह गयी , क्योंकि आदित्य ही उसका प्यार था जिसका नाम उसने दरख्त पर लिखा था । उसे बस इस बात पर हंसी आरही थी उसके सपनो का राजकुमार हकीकत में ही उसका था । मगर एक दूसरे के अतीत से अनजान होने के कारण वह एक दूसरे को पहचान न सके और शायद बढ़ते हुए वक्त में उनकी शक्लों में भी बदलाव आगये थे । आदित्य को भी यह समझ मे आ गया था कि उनकी पत्नी उन्ही के ख्वाबों में दिन रात मशरूफ थी और डायरी में अपने प्रेमी का किया हुआ वर्णन अपने पति के लिए था । आदित्य को आज इस बात का अहसास था कि वह दौलत और शैहरत कमाने के लिए अपने प्यार को भूल गये । उन्होंने आरती को कनकियों से देखा और आरती भी मंद मंद मुस्कुरा रही थी यह सोच कर कि उसका सुबह का सपना सिंदूरी सांझ बनकर सच हुआ है । आज उसके सपनों का राजकुमार सफेद घोड़े पर नहीं मगर सफेद कार में उसे सपनों के देश ले जाने आया है ।

प्रणय निवेदन....

पुष्पलता का भवरों से ,

जो भावनात्मक संवेदन है।

वही तुमसे प्रणय निवेदन हैI

क्षितिज का चंचल लहरों से ,

जो प्यार भरा आवेदन है I

वही तुमसे प्रणय निवेदन है ।

3

वो सात कसमें ...

स्वप्न के झुरमुट में वो रात रानी सी खिल उठी जैसे महुआ के पात पर ओस की बूंद गिरकर उसके यौवन को मदमस्त बनाती है। उसके चेहरे पर आपार तेज झलक रहा था । उसे देख कर आज ऐसा लग रहा था कि अपने चेहरे पर मेहताब की रौनक समेट लायी हो । कौन थी वह ? पूछा तो पता चला वह गुलाबी जाड़े की सर्द हवा की रात थी जिसके आगमन से अवनी का प्रसन्न चित्त मयूर की तरह नाच रहा था । जेठ की तपिश के बाद तो आषाढ़ भी सूखा बीता सावन की फुहार के साथ धूप लुका छुपी का खेल खेलती रही, आज जो गुलाबी जाड़ो की पंखुड़ी सी ठंडक ने दस्तक दी है तो मानो उस सर्द फिजा के स्पर्श से अवनी अपने तन मन को शीतल करना चाहती थी जो बरसो से बिरहा की अग्नि में धधक रहे थे। एक ऐसी अगिन जिसको वक्त के काल चक्र की वर्षा भी नहीं बुझा सकती थी ।अवनी आज ठंडक के आगमन से खुश थी क्योंकि वह सर्द हवा का झोका ही था जो करवा चौथ के चाँद के साथ अमन को तलाक के इतने बरस

बाद अवनी के पास ला रहा था । अवनी और अमन के तलाक के पाँच बरस बीत चुके थे । यह पाँच साल अवनी ने पतझड़ से काटे थे । वो पाँच बरस नहीं थे शायद अमावस की काली रात थी जो चाँद के दीदार को तरस गयी थी । चौथ का चाँद उसके लिए पूनम के चाँद से कम नहीं था । अवनी के चहरे की चमक शान्ती देवी के चेहरे पर मुस्कान ले आयी ।

उन्होंने सहसा अवनी से कहा जा तैयार हो जा, शाम होने को है कुछ ही देर में चाँद निकल आयेगा। अम्मा की बात सुन कर अवनी झट से अपने कमरे में चली गयी और संदूक से उसने शादी का जोड़ा निकाला जिसका गहरा लाल रंग उसे सिंदूर की डिबिया के पास ले गया जो शायद उससे पूछना चाहती हो क्यूँ आज तेरी माँग मेरी लालिमा से दूर है । भर ले आज मुझे फिर से अपनी मांग में । अवनी के मन की वेदना सिंदूर से कहना चाहती थी दो पल ठहर जा आने तो दे उसे जो तुझे मेरी मांग में भरेगा। सिंदूर की डिबिया पर टिकटिकी लगाए अवनी की आँख से आँसू निकल आये वह आँसू जो उसके अतीत कि बयार को उल्टा बहा ले गये और उसे अपनी शादी के सात फेरो के सात वचनो की गूंज सुनाई देने लगी जो जीवन की आपा - धापी के शोर में कहीं गुम हो गयी थी । याद आ गया अवनी को वह पल जिस दिन वह अमन की दुल्हन बन कर उसके घर प्रवेश कर रही थी । एक जनवरी का वह नये साल का नया दिन था जो अवनी का अमन के जीवन में प्रवेश पर मंगल गीत गा रहा था । बहुत खुश थी अमन की माँ शान्ती देवी इतनी

सुंदर बहु पाकर , पर शायद कहते है न जिसके पास दुनिया कि सबसे खूबसूरत चीज होती है उसे ही उस चीज की कद्र नहीं होती । अमन के साथ भी कुछ ऐसा ही था इतनी सुंदर सर्वगुण सम्पन्न पत्नी की उसे कोई कद्र नहीं थी । उसका बिजनेस एवं हाई प्रोफाइल स्टेटस ही उसकी पहली और आखरी जुस्तजू थे । अमन की शादी उसकी माँ शान्ति देवी ने अपनी पसंद की लड़की से करवाई थी । जो अमन को अखरता था कि उसकी पत्नी उसकी पसंद की नहीं है । वह मार्डन नहीं है वक्त के साथ कदम से कदम मिलाकर नहीं चल सकती । अमन हँस के अपनी माँ से कहता था कि इसकी आँखे कितनी सुंदर है मगर क्या यह मेरे स्टेट्स की ऊँचाई देख सकती है। माँ तुम ऐसी लड़की नहीं ढूंढ सकती थी जिसके पास डिग्री हो जो मेरी बिजनेस में मदद कर सकती । गुड़िया जैसी बहू लायी हो तो उसको उठा कर शो केस में रख दो । अमन की बातों से अवनी का दिल टूट जाता था । वह कभी भी उसकी सुदंरता की तारीफ नहीं करता था । उसे बस नफा - नुकसान की भाषा समझ में आती थी और शायद अवनी की सुन्दरता उसके नफा - नुकसान के बही खाते में फिट नहीं बैठती थी। अवनी खाना बहुत अच्छा बनाती थी पर शादी के छः माह बीत जाने पर भी अवनी को वह पल नहीं मिला था कि वह अमन को अपने हाथों से खाना खिला सके । वह काम पर जल्दी जाता और देर से लौटता , पत्नी तो उसकी पसंद की थी नहीं , वह अवनी से बात तक नहीं करता । वक्त का पहिया सरकता रहा अवनी घुटती रही , मगर किसी से दो शब्द न कह पायी । वह खुश थी कि भले वह अमन की पत्नी न बन पाई पर अम्मा जी की अच्छी बहु तो है । वह एक औरत थी और समझौता शब्द तो औरत

की जन्म पत्री में बचपन से जुड़ा होता है । यह सोच कर अवनी काट रही थी अपनी जिन्दगी एक छत के नीचे अमन के साथ वह अमन की बहुत इज्जत करती थी पर अमन के मन में अवनी के लिए तिनके भर भी प्रेम नहीं था।

नफा नुकसान के खेल ने उस रोज कयामत ला दी । जब अमन ने अवनी का परित्याग करने का फैसला लिया । उस रोज भी करवा चौथ की रात थी जब अवनी चाँद से रोकर कह रही थी तुम्हारी पूजा अधूरी रह गयी । समय का चक्र इस बेमेल रिश्ते को बिगाड़ता चला गया । अमन ने एक रोज अवनी को तलाक के कागजात भिजवा दिये । 25 नवंबर का वह सर्द दिन उनके रिश्ते को भी हिमपात के जैसे तोड़ गया । वह हमेशा हमेशा के लिए अलग हो गए ,पर कहते है न " जोड़िया स्वर्ग में बनती है शादी सात साल का नहीं सात जन्मों का रिश्ता होता है । कोई तलाक के कागजात न्याय की दलील इस रिश्ते को नहीं तोड़ सकती । कच्चे धागे में पिरोए मंगल सूत्र के पक्के मोतियों में इतनी जान होती है कि वह अग्नि के सात फेरों में दिये गये सात वचन की लाज रख ही लेते है। अमन तो अवनी से किनारा कर चुका था पर शायद वह उसे नहीं भूल पायी थी । उस रोज वह समाचार पत्र में सुर्खिया पढ़ कर हतप्रद रह गयी । जब उसने खबर पढ़ी मशहूर बिजनेस मेन अमन कुमार ने कार एकसिडेंट में अपनी एक टाँग गवा दी । अवनी का बेचैन मन आज अमन से मिलने के लिए बेचैन था । उसने अम्मा जी से कहा मगर शायद उनके मन से माँ की ममता सूख चुकी थी । उन्हे अपने बेटे की हालत

पर जरा सा भी तरस नहीं आया ।मगर अवनी अम्मा जी को बिना बताये चुपके से अमन से मिलने अस्पताल चली गयी । अमन को जब होश आया तो अवनी अमन की ड्रिप ठीक कर रही थी । वह उसके बगल में आकर बैठ गयी और प्यार से उसके सिर पर हाथ फेरने लगी । अवनी के इस व्यवहार से अमन चकित रह गया । वह सोचने लगा मैंने जिसे अपनी जेब में रखा खोटा सिकका समझा क्या वह सोने का है ? अवनी ने अस्पताल में अमन की एक हफ्ते तक सेवा की फिर वह उससे बिना कुछ कहे ही वापस चली आयी । उसका चुपचाप वापस आना अमन को अखर गया क्योंकि शायद वह अवनी को अपने जीवन में वापस लाना चाहता था। उसका बेचैन मन कहना चाहता था अवनी से " चली आओ मेरे जीवन में तुम दोबारा मेरी संगिनी बनकर “I

“ बेखबर फिजाओं से यूं जो मेरा पता पूछती आयी हो ,

जलती धूप में जीवन की तुम क्या कोई सावन की अंगड़ाई हो । “

वक्त का ऊँठ आज अवनी की करवट बैठ रहा था । अमन अस्पताल से छुट्टी पाते ही अम्मा जी से मिला , उनसे उनकी बहु अवनी का दोबारा हाथ मांग लिया और अम्मा जी से वादा किया कि वह अवनी से मिलने करवा चौथ की रात आयेगा । आज वही करवा चौथ की रात थी । अमन को अवनी के पास आना था । अवनी के मस्तिष्क में अतीत के द्वंद से भरी दलीले चल रही

थी तभी उसकी नजर घड़ी पर पड़ी 7 बजने को थे । चाँद निकलने वाला था । अमन किसी भी वक्त आ सकता था । वह फटा फट तैयार हो गयी । आज अवनी बहुत सुंदर लग रही थी, मगर उसकी सुंदरता से ज्यादा उसके माथे पर द्वंद झलक रहा था कि सोच ले अवनी आज सोचले अवनी अमन को अपनाएगी या नहीं क्योंकि छोड़ कर तू नहीं आयी उसे, छोड़कर तो वह गया था । अब वह क्यों वापस आ रहा है ? अमन आ चुका था वह अपने आप को ठगा महसूस कर रहा था आज अवनी का कद अमन से बड़ा था उसके स्टेटस सिम्बल सब अवनी के कदमों में झुके थे । अवनी ने अपने मन का द्वंद झलकने न दिया क्योंकि शांति देवी ने वक्त की नजाकत को देखते हुए उसे समझाया था कि साथी साथ निभाने के लिए होता है छोड़ कर जाने के लिए नहीं । उसने मंगल सूत्र के काले मोतियों और शादी के सात फेरो का सम्मान करते हुए चाँद के साथ अमन की पूजा की ।

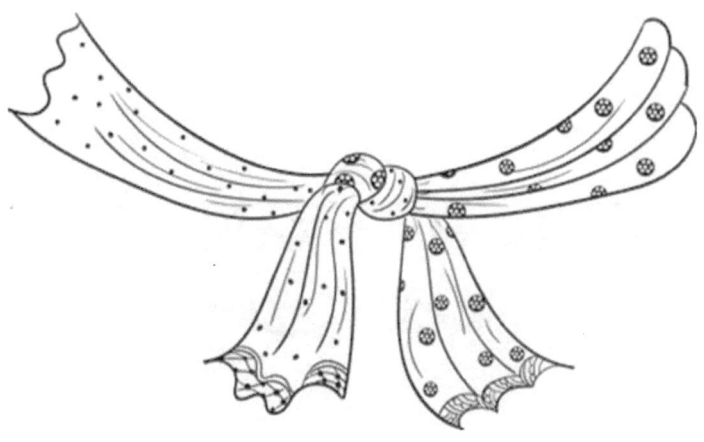

सात फेरो का सम्मान

अमन ने बड़े प्यार से अवनी की मांग में सिंदूर भरा और उसे तौफे के रूप में अपना सब कुछ सौंप दिया उसके नाम अपना बिजनेस कर दिया । अवनी के होठों पर मुस्कान आ गयी और अमन ने उसे कनकियों से देखते हुए कहा " चलो सात जन्मों के लिए हम फिर एक हो जाए । चलो दोबारा शादी कर लें।

4

अमावस अच्छी है....

आज पूर्णिमा की शादी थी । पूरे घर में जश्न का माहौल था । अम्मा जी फूली नहीं समा रही थीं। उनकी लाडो आज दुलहन जो बनने वाली थी एक ऐसी दुल्हन जिसके सामने जुगनुओं की टिमटिमाहट भी फीकी पड़ जाए और जिसे देख कर पूनम का चाँद भी र्शमा जाए । पूर्णिमा थी ही इतनी सुंदर । उसे जो देखता वह देखता ही रह जाता । वह अपनी सुंदरता के कारण सबका मन मोह लेती थी । फिर आज उसकी शादी थी वह इन्द्रलोक से आयी किसी अपसरा से कम नहीं लग रही थी। अम्मा जी उसकी सौ सौ बार नजर उतार रहीं थी कि कही उसे कलूटी की नजर न लग जाये । वह कलूटी को अमावस्या का टूटा चाँद कहती थी । जिसे सुन कर वह बहुत चिढ़ती थी । निशा जन्म से ही काली थी इसलियें पैदा होते ही अम्मा जी ने कलूटी को निशा नाम दिया जिसका अर्थ है अन्धेरी रात और अपनी गोरी चिट्टी बिटिया को पूर्णिमा जो उनके लिये दमकते हुए चाँद से कम नहीं थी ।

। इसलिये वह पूर्णिमा को हमेशा आकाश पर शुशोभित रखती थी और निशा उनके लिए कुछ नहीं थी। निशा अम्मा जी के इस व्यवहार से नखुश थी । वह बचपन से लेकर आजतक बस यह देखते हुए बड़ी हुई थी की गौरवर्ण की हमेशा पूजा होती है और रंगत में काली लड़कियों का इस दुनिया में कोई स्थान नहीं है चाहे वह श्रेष्ठ सीरत गुण की विदुषी बलाएं हो । बस समाज में सूरत की ही पूजा होती है । निशा बहुत होनहार थी और बुद्धिमत्ता में पूर्णिमा को मात करती थी पर अम्मा जी और उनके समाज पर इसका कोई असर नहीं था । निशा को पूर्णिमा सुन्दरता में मात दे जाती थी । उस दिन भी यही हुआ जो लड़के वाले कलूटी के रिशते के लिए आयें। वह उसकी एडुकेशन से बहुत खुश हुए । परन्तु रेत पर खड़े महल की तरह उसके सपने तब टूट गये जब आकाश की माँ ने पूर्णिमा को देखते हुए कहा - यह तो चन्द्रलोक की परी है और तभी आकाश की कनकिया पूर्णिमा से जा मिली। वह शायद पहली नजर में ही उसका चकोर बन बैठा था । फिर क्या निशा की डिग्ररिया नौकरी सब धरी की धरी रह गयी । आकाश ने अम्मा जी से पूर्णिमा का हाथ मांग लिया । निशा को उस समय सहसा ही अपना नाम कलूटी याद आ गया जो अम्मा जी ने उसे बचपन में दिया था । उस समय कलूटी शब्द उसके सिर को दर्द से फाड़ रहा था और पूर्णिमा की शादी की शहनाई उसे किसी हतौड़े से कम नहीं लग रही थी जो कलूटी कलूटी कह कर उसका सिर फोड़ रही थी। निशा के साथ यह एक बार नहीं

सहसा कई बार हो चुका था। जो कोई भी उसे देखने आता वह पूनम को ही पसंद कर लेता । पहले तो अम्मा जी ने यह कह कर टाल दिया निशा बड़ी है पूनम छोटी इसका ब्याह पहले होगा। पर वह भी कहाँ तक सहती आखिरकार उन्होंने पूर्णिमा की शादी पक्की कर दी । निशा को भी इस बात का यकीन हो गया ऊषा के आंचल को सूर्य दमकाता है रात के आंचल को चाँद चमकाता है पर वह अमावस की रात थी जिसका सूर्य से तो कोई अस्तित्व ही नहीं बनता था और चाँद से वह कोसो दूर थी। उसके सपने काँच की तरह टूट गये और शायद इन काँच के टुकड़ों पर चलने के बाद उसके मन में उत्पन्न हुए दर्द से वह यह समझ गयी थी ऐसे सपने उसके लिए व्यर्थ है। उसकी कश्ती का कोई साहिल नहीं है । अमावस के लिए चाँद का दीदार व्यर्थ है।पूर्णिमा की शादी धूम धाम से सम्पन्न होती इससे पहले एक बहुत बड़ी अरचन आ गयी। शुभम लौट आया । यह शुभम कोई और नहीं अपितु पूर्णिमा का पहला प्यार था जो उसे कुछ साल पहले छोड़ गया था। पूर्णिमा शुभम को देखते ही पागल हो गयी । उसके चहरे पर वह खुशी दोबारा झलक आयी जिसे उसने कभी शुभम के प्यार में महसूस किया था । बहुत हंगामा हुआ लेकिन फिर पूर्णिमा को शुभम के साथ विदा कर दिया गया । अब क्या था नियति ने तो अपना तख्ता ही पलट दिया था बारात आकाश की सेहरा उसके सिर और दुल्हन ले गया शुभम । अम्मा जी रो रही थी । सारा माहौल उथल - पुथल का था । निशा चुपचाप खड़ी तमाशा देख रही थी । पर वह स्तब्ध रह गयी जब आकाश की माँ ने आकाश से कहा - पूर्णमासी के दर्शन तो महिने में एक बार होते हैं पर निशा तो रोज हमसे मुखातिब होती है । तुम निशा

से शादी क्यों नहीं कर लेते यह बहुत टैलेन्टेड संस्कारी और गुणवान लड़की है। तुम्हारा हमेशा साथ निभाएगी । निशा इतना सुन ही रही थी कि तभी अम्मा जी बोल पड़ी - कुंवर जी मारी लाडो तो लाखन मा एक है। कै हुआ अगर यह थोड़ी सांवली है सांवलें तो कृष्ण भी थे। सांवलों तो काजल भी होत है जो नजर से बचावन के लिए अँखियन मा लगावा जात है। निशा थारी सारी बलाएँ ले लेगी। आकाश अम्माजी और अपनी माँ की बात मान गया। उसने निशा के साथ फेरे लेने के लिए हामी भर दी।

7 फेरे

निशा बहुत चकित थी । वह इस समाज को देखकर खिसयाई हंसी हँस रही थी यह सोच कर तब कहाँ थी वह कृष्ण के समान सुन्दर तब कहाँ थी वह वेल एडुकेटेड जब उसकी माँ उसे कलूटी बुलाती थी । जब आकाश ने पूर्णिमा को पसंद किया था। वह यह सोच कर चकित थी मानव का खुद का कोई स्वाभिमान नहीं है जब पूर्णिमा उसके समक्ष थी तो शायद लोग उसे अमावस का चाँद समझते थे। पर अब वह नहीं है तो आकाश निशा से भी काम चला सकता है । निशा ने समाज पर प्रश्न चिन्ह लगाते हुए आकाश से फेरे लिए और हमारे समाज की लड़कियों को सोचने पर मजबूर कर दिया क्या आज भी दखिया नूसी रिवायतों का हमारे समाज में अस्तिव होना चाहिए ?

5

वो हमेशा निभाएगी

....

वैलेंटाइन वाली लालिमा

रूमानी मौसम की वैलेंटाइन वाली छुअन से, महक गया है मेरा लाल दुप्पटा I गालो की सुर्ख पंखुरी में छुपा के तुम्हारे अहसास की लालिमा उतार रही हूँ मैं तुम्हें अपने दिल के गुलाबी तख्ती पर कि महक सकूँ फिर से तुम्हारे संग उस अनकहे एहसास के दिलचस्प किस्से में , कैसे

भूल सकती हूँ मैं 14 फरवरी 2012 की वो अलसायी सी धूप जो कॉफी पीने की चाह मुझे कैंटीन की ओर खीच रही थी जाने उस आम से पल में क्या खास होने वाला था कि अमलतास के फूल मेरी आँखो में बसंत के मनके संजो रहे थे , हवाए मेरी साँसो में इत्र घोल रही थी , मेहर की आवाज मुझे किसी शुभ शगुन का संकेत दे रही थी और मैं लहके- लहके कदमों से कैंटीन की ओर बढ़ रही थी । सहेली ने आवाज दी आस्था रुको मैंने सुना नही क्योंकि मैं अपनी धुन में बढ़ती जा रही थी । उसने पीछे से आकर मेरे कंधे पर धौल दी चलो मुझे भी कॉफी पिलाओं I हम दोनो तेजी से कैंटीन की ओर बढ़ रहे थे कि अचानक मुझे चलने में कुछ खिचाव महसूस हुआ मैंने पीछे पलट कर देखा तो मेरा दुप्पटा एक बाईक के हैंडिल में फस गया था, मैनें कस के दुप्पटा झटकना चाहा कि तभी वहाँ वो बाईक वाला आगया उसने कहा मैडम रुकिये मखमली दुप्पटा फट जाएगा मैं आपकी मदद करता हूँ I मैंने कहा नो थैंक्यू और कस कर दुप्पटा झटक कर आगे चल दी । हम दोनो सहेलिया कैंटीन आगये पर मुझे लगा हमारा कोई पीछा कर रहा है मैंने पीछे मुड़ कर देखा तो वो वही बाईक वाला लड़का था उसने बोला मैडम मेरी घड़ी दे दीजिए यह अपके दुप्पटे से लिपट कर आपके साथ चली आयी है मैंने ओ सॉरी कह कर उसकी घड़ी लौटा दी । पर वो वहाँ से गया नहीं । शायद मेरी सहेली का परिचित था तो वह वहीं बैठ गया और वह दो नो इधर उधर की बातें करने लगे । मैं उसके वहाँ होने से सकुचा गयी थी ,इसलिये फटाफट अपनी कॉफी का वेट कर रही थी । उस पल मुझे कैंटीन वाले पर बहुत गुस्सा आ रहा था कि वह क्यूँ इतनी देर कर रहा है , पर शायद वो लम्हा , कुछ देर के लिए ठहरना चाहता

था ।

यह कायनात की कोई साजीश थी कि माह ए फरवरी के खुशनुमा मौसम में अचानक बदरी के झुरमुट से बरखा की मदहोश फुहार पड़ने लगी । मैं खिड़की के बाहर देखकर मौसम का जायजा ले रही थी कि मेरे कानों में उसकी दिलकश आवज पड़ी –

“ मौसम सुहाना है ,मेरा दिल भी दिवाना है I

तुम रुक जाओ ,वरना भीग जाओगी I

मुझसे दूर होकर तुम किधर जाओगी ।“

मैं ने कहा आप शायरी करना बंद करेंगे। इसपर फिर उसने कहा-

“ खता बकशदों मेरी घड़ी तुम्हारे दुप्पटे से लिपट गयी , मेरी साँसे तुम्हारे दिल में सिमट गयी ॥ “

इस पर मेरी सहेली हँसने लगी और मैंने पहली बार उस लड़के को घूरते हुए ध्यान से देखा लम्बा सुडौल कद ,साँवला चेहरा , मनमोहक गहरी सागर जैसी आँखे सिल्की बाल , होठों पर हल्की सी मुस्कान । शायद वो

समझ गया था मैं उसे तिरछी नजर से देख रही हूँ । उसने फिर अपने दिलकश अंदाज में कहा -

" रूमानी फिजाओं में हमेशा बहकता हूँ, मैं इत्र हूँ हर जगह महकता हूँ ।"

इस बार मेरे भी अदरो पर मुस्कान आगयी मैंने कहा शायरी अच्छी कर लेते हो.. वह मेरी ओर कनकियों से देखकर कहने लगा आपकी नशीली आँखे , सुर्ख होठ और यह इत्र वाले लाल दुप्पटे को देखकर हर कोई शायरी ही करेगा । मुझे हँसी आ गयी और मैंने भी उससे कह दिया यह आपका फन है , वरना हर किसी को शायरी नहीं आती । वह मुझे यूँहि देखने लगा और कहने लगा बस यूंहि इधर उधर दो चार लाइन सुनाता रहता हूँ ।

उसका दिलकश व्यक्तित्व मुझे उसकी ओर आकर्षित करने लगा । एक पल को मैं घबरा गयी कि उसकी इस समुन्दर से बड़ी आँखो में कहीं मैं नदिया बनकर न उतर जाऊ पर खुद पर संयम रख कर मैंने एक साँस में काफी पी और बारिश की परवाह करते बगैर वहा से निकल पड़ी ।

काफी

उसने कहा भी रुक जाओ भीग जाओगी , पर अब मैं कहा रुकने वाली थी आखिर अपने दिल को उसके इश्क की गिरफ्त से जो बचाना चाहती थी । मन में अजीब सी कशमकश लिये मै गेट पर टैक्सी का इंतजार करने लगी । काफी समय बीत गया था मौसम नसाज होने की वजह से वहाँ दूर दूर तक टैक्सी नहीं दिख रही थी

। मैं यह सोच ही रही थी अब घर कैसे पहुंच पाऊंगी कि तभी मेरे पीछे एक बाईक आकर रुकी और किसी ने उसी दिलकश अंदाज में कहा आईये आपको घर छोड़ देता हूँ, मैंने पीछे मुड़ कर देखा तो वही था I मैंने कहा नही मैं चली जाऊँगी इस पर उसने थोड़ा तलख रुख अपनाते हुए कहा मौसम खराब है मैडम दूर दूर तक कोई गन्तव्य का साधन नहीं है, हमपर भरोसा रखिये आपको हिफाजत से घर छोड़ देंगे ।

मैं उसकी बाईक पर जीवन का वह 10 किलोमीटर का सफर तय करने को बैठ गयी जो मुझे पहले प्यार की आहट से रोमांचित करने वाला था I मैं पहली मुलाकात का यह किस्सा दिल में समेट लेना चाहती थी । मैंने धीरे से उसके कंधे पर हाथ रखा और इश्क वाली हवा को अपने उड़ते हुए बालो में महासूस करने लगी । मैं उसके करीब आने लगी । घड़ी की सुइया आगे बढ़ रही ,मैं चाहती थी रोक दूँ तुम्हारी बाईक की तेज रफ्तार को और जी लूँ जिन्दगी के दो पल तुम्हारे साथ I

मैं तुमसे अनकहे शब्दो में कहना चाहती थी-

" चाँद को थामें रात चले,

धरती के संग आकाश चले,

यूंही चल तू साथ मेरे,

प्यार का नव एहसास जगे ।"

पर मैं खमोश थी , तुम कहा चुप रहने वाले तुमने तपाक से बोल दिया-

" मौसम- ए- बरसातों में , सावन याद आता है I

दिल से दिल को जोड़े वो मन भावन याद आता हैI"

मैंने कहा मेरा कोई मन भावन नहीं है । मैडम बरखा ने पिरोये जज़बात ऐसे है मन को मन से जोड़े आज हालात ऐसे हैं । यह बाईक वाला वैलेंटाइन डे आपको हमेशा याद रहेगा । यह वादा है मुझे कभी भूल न पाओगी अपने जहन मे सिर्फ मुझे पाओगी ।

हाँ सच में मैं नहीं भूल पायी इश्क के एहसास का वो पहला सबक और तुम्हारे साथ बिताया जिन्दगी के 10 किलोमीटर का वह पहला सफर । तुम्हे तो आज याद ही नहीं है कि हमारी शादी को आज 1 0 साल हो गये है वो शहनाई की गूंज से रोमांचित हमारे जीवन का सफर आज बंद कमरे की तन्हाईयों में हताश पड़ा है । दरवाजों पर लगी दीमक सा खाये जारहा है तुम्हे अल्जाइमर का

रोग और एकाकीपन के भवर में कुंद है मेरी जिन्दगी , पर मैं तुम्हे उम्र भर यूंहीं प्यार करती रहूँगी सात जन्मों तक इश्क की रसमें अदा करती रहूंगी , चलो तुम्हारी दवा का टाईम हो गया यह गुलाबी रंग की दवा इश्क के रुमानी एहसास को जगाए रखने के लिए हैप्पी वेलेन्टाइन डे २०२२ II

लेखिका परिचय

अंकिता सिंह

अंकिता सिंह एक स्वतंत्र लेखिका है । आप की लेखनी की महक लखनवी तहजीब में घुली है । आपने लखनऊ विश्वविद्यालय से पत्रकारिता एवं जनसम्पर्क में परास्नातक व एम . एड की उपाधि प्राप्त की है । आपने डॉ राम मनोहर लोहिया अवध विश्व विद्यालय उत्तर प्रदेशसे एम. ए अंग्रेजी तथा एम . ए शिक्षा शास्त्र की उपाधि प्राप्त की है । आपने यूजीसी नेट की परीक्षा शिक्षा शास्त्र विषय में 6 बार उत्तीण की है । आपको कविताएं एवं लेख लिखने का शौक है । अब तक आपकी 14 पुस्तकें प्रकाशित हो चुकी है । जिसमें " कलम के पलाश , चहकते पन्ने , सावन के हस्ताक्षर, काव्य के गुलमोहर , पोएटिक फेदर्स , मियूजिंग ऑफ परफेक्ट मून लाईट कविता संग्रह , शून्य सरोवर व स्नेह तरु कहानी संग्रह , टेन्सस द बलॉसम ऑफ इंग्लिश ग्रामर एबिलेटी डैफोडिलस , फेस्टिव कैंडिलस , रिफरेन्स बुक गौरया बचाओ विषय पर आधारित तथा कुछ अन्य पुस्तके प्रस्तुत है ॥ आपके लेख तथा रिसर्च पेपर विभिन्न राष्ट्रीय तथा अंतरराष्ट्रीय पत्रिका में प्रकाशित हो चुके है ॥ अब तक आपकी 12 5 कविताएं प्रकाशित हो चुकी हैं।

Email id- anks26.as@gmail.com

धन्यवाद

ज्ञान की देवी माँ शारदा का मेरे द्वारा काव्य सृजन करवाने हेतु कोटि कोटि धन्यवाद।

अंकिता सिंह

www.ingramcontent.com/pod-product-compliance
Lightning Source LLC
LaVergne TN
LVHW041553070526
838199LV00046B/1939
* 9 7 9 8 8 8 8 8 3 4 4 4 2 *